W0409561

Dans la même collection :

Aladin et la Lampe merveilleuse
Les Aventures de Tom Pouce
La Belle et la Bête
Les Chevaliers de la Table ronde
Cléopâtre reine d'Égypte
Les Douze Travaux d'Hercule
Les Fables de La Fontaine
Gargantua
Jack et le Haricot géant
La Légende de la ville d'Ys
Moby Dick
Peau d'Âne
La Reine de Saba
Sindbad le marin
Les Voyages de Gulliver
Les Voyages d'Ulysse

© 1997 Éditions MILAN – 300, rue Léon-Joulin, 31101 Toulouse Cedex 9 - France
Droits de traduction et de reproduction réservés pour tous les pays.
Toute reproduction, même partielle, de cet ouvrage est interdite.
Une copie ou reproduction par quelque procédé que ce soit, photographie, microfilm, bande magnétique, disque ou autre, constitue une contrefaçon passible des peines prévues par la loi du 11 mars 1957 sur la protection des droits d'auteur.
Loi 49.956 du 16.07.1949 sur les publications destinées à la jeunesse.

Dépôt légal : 1er trimestre 2009

ISBN : 978-2-8411-3411-3

Imprimé en France - L49069

Le roman de Renart

Adapté par Christian Poslaniec

Illustré par François Crozat

MILAN
jeunesse

AU SUD
DU SUD

Je sais qu'on vous a raconté
Souvent, le soir, à la veillée,
Des aventures d'animaux.
Mais la vie de notre héros,
Le très malin Maître Renart,
– Un livre ancien rempli d'histoires –
Vous l'a-t-on racontée déjà ?
Renart était un hors-la-loi
Que beaucoup trouvaient fort aimable,
Mais qui jouait des tours pendables
À ses compagnons des forêts.
Allons ! Écoutez les méfaits
De Renart, ce mauvais génie,
Comme on a souvent dit de lui.

Renart et les anguilles

L'été venait de s'achever
Et l'hiver allait commencer.
Renart était dans sa maison
Mais n'avait plus de provisions.
Il sortit, traversa les bois,
Les marais, et il arriva
Sur un chemin. Il s'accroupit
Près d'une haie, puis attendit.

Bientôt, venant de l'océan,
Il vit arriver des marchands
Qui menaient un plein chargement
De poissons ; surtout des harengs,
Mais d'autres variétés aussi,
Dont leurs paniers étaient emplis ;
Des anguilles et des lamproies
Achetées à des villageois.
Alors Renart s'est redressé
Et, par des chemins détournés,
Courant en se dissimulant,
Il a devancé les marchands,
Et s'est couché sur le chemin,
Feignant d'être mort. Le rusé,
Les yeux clos, lèvres retroussées,
Retient sa respiration.

« Regardez là-bas, compagnons ! »,
S'exclame le premier marchand.
« Un goupil qui gît sur le flanc !
Saisissez-le ! Tenez-le bien !

Il faudrait qu'il soit bien malin
Pour ne pas y laisser sa peau. »
Scrutant la gorge, puis le dos,
Ils l'évaluent bien à trois sous.
« Elle en vaut quatre, à tous les coups ! »,
Dit un autre. « Et c'est bon marché !
Nous ne sommes pas si chargés,
Mettons-le dans notre charrette ! »
Et, le soulevant, ils l'y jettent,
Puis se remettent en chemin,
En se réjouissant de leur gain.
« Pour le moment, c'est bien assez,
Mais dès que nous serons rentrés
Nous lui ôterons son manteau »,
Disent-ils, riant du bon mot.

Mais Renart ne s'en soucie guère :
Il y a loin entre dire et faire.
D'ailleurs il est fort occupé,
Car, allongé sur les paniers,
Il en ouvre un avec les dents
Et avale si goulûment
Un si grand nombre de harengs
Qu'il le vide complètement
Sans même réclamer le sel.
Enfilées sur une ficelle,
Il trouve dans l'autre panier
Où il vient de fourrer son nez
Trois belles guirlandes d'anguilles.
Aussitôt, Renart s'en habille,
Au point qu'on ne voit plus sa peau ;
S'entourant le cou, puis le dos ;
Il en a par-dessus la tête.

Alors, sautant de la charrette,
Il atterrit sur le chemin
En emportant tout son butin.

« Dieu vous bénisse », crie Renart
Aux marchands. « Ceci est ma part.
Tout le reste vous appartient. »
« C'est le goupil ! C'est le malin ! »
Hurlent les marchands stupéfaits.
« Le coquin ! Courons-lui après !
Nous n'aurions pas dû nous y fier !
Il nous a presque tout vidé !
Crénom, puisse-t-il en crever !
Allons, vite, il faut l'attraper ! »
Renart a déjà disparu ;
Ils ne le rattraperont plus.

Renart fila tout droit chez lui
Pour retrouver, en son logis,
Ses proches, qui crevaient de faim :
Son épouse, et ses deux gamins,
Dame Hermeline, au teint si frais,
Et Malebranche, et Percehaie,
Qui s'avancent à sa rencontre.
Joyeusement, Renart leur montre
Les belles guirlandes d'anguilles.
Leurs mains se tendent, leurs yeux brillent.
Ils s'enferment dans la maison
Et rien d'autre d'eux ne saurons.

Renart
et Isengrin
dans le puits

Un jour, notre rusé filou,
Torturé d'une faim de loup,
Dans une abbaye dévora
Deux poules, mais il emporta
La troisième. À la vue d'un puits,
Dans la cour, la soif le saisit.
Le puits est profond, l'eau lointaine,
Et voilà Renart bien en peine.
Dans ce puits, il y a deux seaux,
L'un est en bas et l'autre en haut.
Renart, penché sur la margelle,
Voit alors son reflet fidèle,
Dans l'eau. Il croit que c'est sa femme,
Alors le voilà qui s'exclame :
« Mais que fais-tu donc là-dedans ? »
D'un ton, ma foi, fort mécontent.
L'écho de sa voix lui répond
Du puits. Stupéfait, en deux bonds,
Renart est dans le seau, descend,
Et se retrouve en bas, hurlant
Contre les démons qui l'ont mis,
Croit-il, ainsi, au fond du puits.

La même nuit, à la même heure,
Le loup, de fort méchante humeur,
Rôde. Isengrin est affamé
Car il a trouvé dévasté
Le poulailler de l'abbaye.
En sortant, il arrive au puits
Où Renart gémit, se morfond.
Isengrin se penche et, au fond,
Aperçoit Renart mais, tout près,
Il y a son propre reflet.

Le loup pousse un cri déchirant :
Il croit que c'est sa femme, Hersant,
Que Renart, le fieffé filou
A attirée au fond du trou.
Il commence à crier vengeance.
Renart a gardé le silence,
Longtemps ; soudain, il l'interpelle.
« Quelle est cette voix, qui m'appelle ?
Qui est-ce ? » demande Isengrin.
« C'est moi, votre excellent voisin,
Votre compagnon, votre frère,
Mais je suis mort depuis hier
Et l'on m'appelle feu Renart,
Car tout le monde, tôt ou tard,
Doit passer de vie à trépas.
Je vous en prie, pardonnez-moi,
Si parfois je vous ai peiné. »
« J'y consens », dit l'autre, étonné.
« Vraiment, votre trépas m'attriste. »
« Mais non ! Le paradis existe
Et je suis ravi d'être ici.
Il y a des champs, des prairies,
Des bois, peuplés de bœufs, de chèvres,
De moutons, de vaches, de lièvres »,
Dit Renart, d'une voix gourmande.
Aussitôt, Isengrin demande
Comment faire pour y entrer.
« Le paradis vous est fermé »,
Répond Renart, d'une voix dure,
« Car vous m'avez fait cette injure
De croire que je vous trompais
Avec votre femme, et je sais
Que cruel vous fûtes souvent,
Et fourbe, et menteur, fréquemment. »
« Vous avez dit la vérité,
Mais faites que je puisse entrer,
Je vous en prie », dit Isengrin.

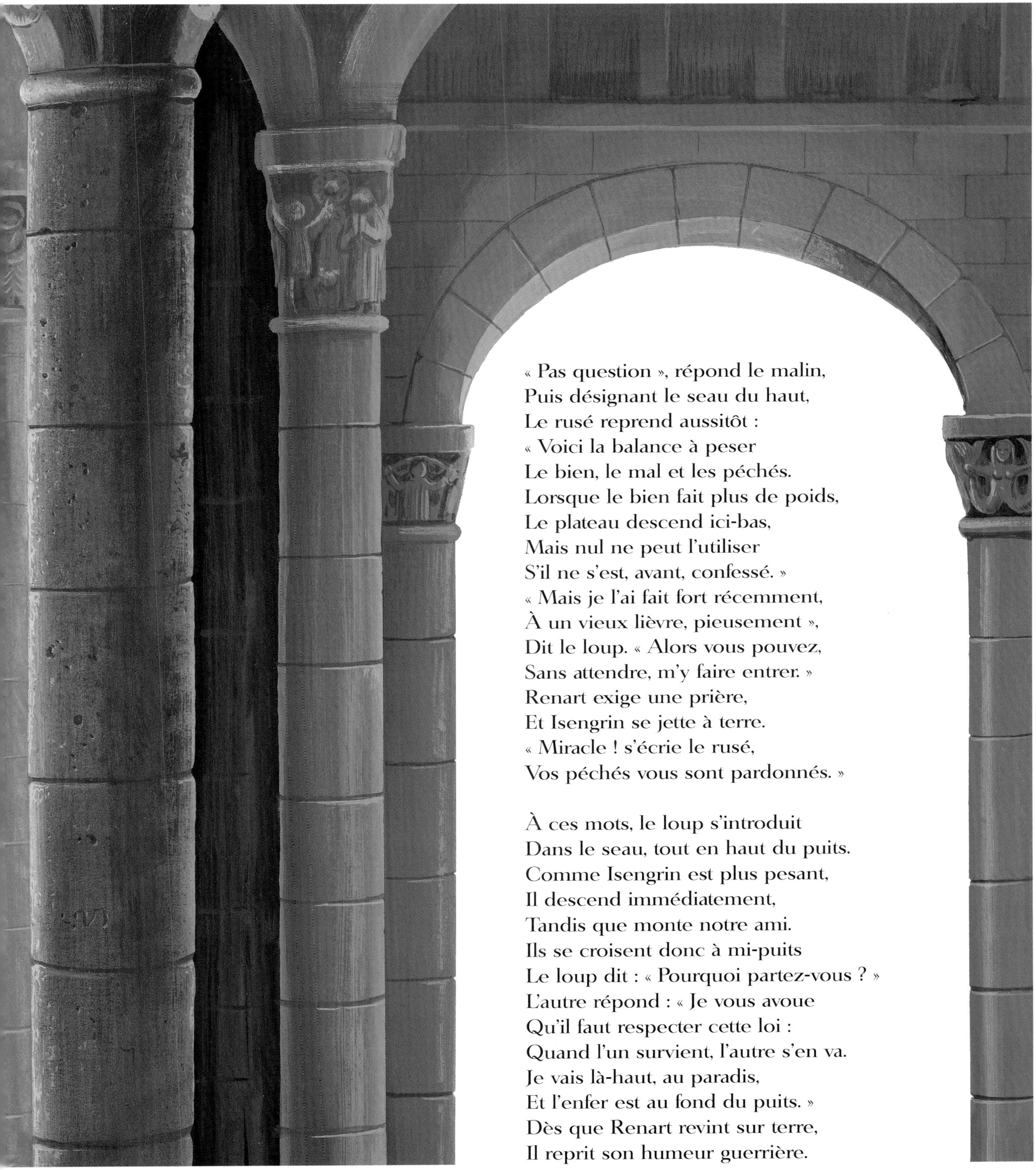

« Pas question », répond le malin,
Puis désignant le seau du haut,
Le rusé reprend aussitôt :
« Voici la balance à peser
Le bien, le mal et les péchés.
Lorsque le bien fait plus de poids,
Le plateau descend ici-bas,
Mais nul ne peut l'utiliser
S'il ne s'est, avant, confessé. »
« Mais je l'ai fait fort récemment,
À un vieux lièvre, pieusement »,
Dit le loup. « Alors vous pouvez,
Sans attendre, m'y faire entrer. »
Renart exige une prière,
Et Isengrin se jette à terre.
« Miracle ! s'écrie le rusé,
Vos péchés vous sont pardonnés. »

À ces mots, le loup s'introduit
Dans le seau, tout en haut du puits.
Comme Isengrin est plus pesant,
Il descend immédiatement,
Tandis que monte notre ami.
Ils se croisent donc à mi-puits
Le loup dit : « Pourquoi partez-vous ? »
L'autre répond : « Je vous avoue
Qu'il faut respecter cette loi :
Quand l'un survient, l'autre s'en va.
Je vais là-haut, au paradis,
Et l'enfer est au fond du puits. »
Dès que Renart revint sur terre,
Il reprit son humeur guerrière.

Attendez, écoutez la fin,
Car dès le lendemain matin
Un moine se rendit au puits,
Et tout au fond il découvrit
Le loup, qui n'avait pu s'enfuir.
Il crie, les autres d'accourir.
Alors on remonte Isengrin,
Tandis qu'on détache les chiens
Et qu'on se munit de bâtons.
Le calvaire du loup fut long
Et il ne fit pas trop d'efforts
Pour se faire passer pour mort.
Les moines partirent enfin,
Laissant là le pauvre Isengrin
Qui sentait d'atroces souffrances
Et ne pensait qu'à sa vengeance.

Renart
et la
mésange

Renart, lui, s'est bien reposé,
Mais est toujours fort affamé
Et se sent quelque peu morose.
Une mésange, alors, se pose
Sur la branche d'un chêne creux
Où elle avait pondu ses œufs.
Renart la voit ; il la salue :
« Amie, soyez la bienvenue
Et descendez donc m'embrasser. »
« N'essayez pas de me tromper,
Renart », réplique la mésange,
« Et ne cherchez pas d'autre louange,
Car si vous étiez mon ami
Cela se saurait par ici.
Mais vous avez dupé déjà
Tant d'oiseaux, que je ne peux pas
Croire un mot de ce que vous dites.
Il vaut mieux que je vous évite. »

« Dame, vous oubliez, je crois,
Que votre fils est, par ma foi,
Mon filleul, de par son baptême.
Que jamais je n'eus l'idée même
De vous nuire en quoi que ce soit,
Et je vais vous dire pourquoi :
Messire Noble, le lion,
Veut la paix. Voici la raison !
Partout, la paix est proclamée
Et chacun doit la respecter.
Fini les querelles, les guerres ! »
« Allons donc ! Vous aurez beau faire,
Je ne vous embrasserai pas »,
Dit la mésange, « et je ne crois
Pas un mot de ce plaidoyer.
Cherchez quelqu'un d'autre à tromper ! »

Renart reprend : « Ma chère amie,
Laissez-moi vous dire ceci :
Puisque vous semblez effrayée,
Pour vous embrasser, c'est juré,
Je fermerai les yeux. » « D'accord ! »
Dit l'oiseau. « Fermez-les d'abord ! »
La mésange s'est approchée
Et a frotté le bout du nez
De l'animal avec des feuilles.
Aussitôt, Renart ouvre un œil
Et claque des dents, mais en vain.
Dans sa bouche il n'y a rien
Qu'une brindille et quelques feuilles.
Le rusé doit faire son deuil
Du festin qu'il se promettait.
« Oh ! Renart ! Vous parliez de paix !
Mais de peu il s'en est fallu
Que la trêve ne soit rompue.
Si je n'avais pas reculé,
Ma parole, vous me croquiez ! »
Crie la mésange. Et le rusé
Se met à rire. « En vérité,
Je plaisantais, et j'ai voulu
Vous faire peur. L'avez-vous cru ? »
Répond Renart. « Recommençons !
Je ferme les yeux pour de bon. »

L'oiseau le frôle de son aile
Et Renart ouvrant de plus belle,
La gueule, essaie de le happer.
Mais la mésange s'est méfiée
Et il n'attrape que du vent.

« Oh ! Renart ! Si dorénavant
J'ai la moindre confiance en vous »,
S'écrie la mésange en courroux,
« Que l'enfer me consume toute ! »
« Vous mettez ma parole en doute »,
Dit-il. « Que vous êtes froussarde !
Approchez-vous, car il me tarde
Que vous m'accordiez ce baiser.
Allons ! C'est le troisième essai,
Le bon, au nom de mon filleul
Qui gazouille sur ce tilleul. »
Mais la mésange fait la sourde
Car elle est loin d'être aussi gourde
Que Renart le croit. Celui-ci
Poursuit son discours, la supplie,
Sans succès. Mais alors survient
Soudain une meute de chiens
Accompagnée par des chasseurs.
Renart se tait, Renart prend peur.
La meute se jette sur lui
Et notre compère s'enfuit.
« Eh ! Renart ! Où donc allez-vous ?
Revenez et embrassons-nous !
Vous rompez cet accord de paix
Dont naguère vous me parliez ! »
S'écrie la mésange aussitôt.
Renart répond : « Ce sont des chiots ;
Leurs parents respectent la paix,
Mais voyez donc ces grands dadais,
Ils n'étaient pas encore nés
Quand la trêve a été jurée ! »
Sur ces mots, Renart disparaît
Au beau milieu de la forêt.

La Pêche à la queue

C'était au temps où, dans le sel,
On met les jambons, vers Noël.
Le ciel clair était étoilé,
Et l'étang où voulait pêcher
Isengrin était si gelé
Que l'on aurait pu y danser.
Dans la glace, les paysans
Avaient fait un trou pas très grand,
Pour mener boire leur troupeau,
Et ils avaient laissé un seau.

C'est alors qu'accourut soudain
Renart, qui dit à Isengrin :
« Ici, il y a plein de poissons.
C'est avec ça que nous pêchons
Les anguilles et les barbeaux. »
« Frère Renart, prenez ce seau,
Attachez-le bien à ma queue. »
Ce que Renart fait, comme il peut,
Puis dit : « Surtout ne bougez pas !
Il faut sagement rester là
Pour laisser les poissons venir. »
Et le rusé va s'accroupir
Près d'un buisson, en bonne place,
Laissant Isengrin sur la glace.

Le seau se remplit lourdement
Dans l'eau qui gèle, emprisonnant
La queue du loup. Désemparé,
Isengrin tente de tirer.
En vain car sa queue est scellée.
Il essaie de se relever,
Sans succès. Il est fort inquiet
Car déjà le jour apparaît
Et tout le monde peut le voir,
Alors il appelle Renart.
Celui-ci le regarde, et dit :
« Allons-nous-en, mon cher ami,
Nous avons assez de poissons. »
Affolé, Isengrin répond :
« Bien plus que je ne saurais dire. »
Alors Renart se met à rire.

« Qui trop embrasse mal étreint,
Et c'est votre cas, je le crains »,
Dit-il. Et puis c'est le matin,
La neige couvre les chemins
Et le soleil se lève, orange.
Alors sire Constant des Granges
Qui habite près de l'étang,
Sort de chez lui, et sur-le-champ,
Fait sonner le cor et seller
Son cheval, dit de rassembler
Ses chiens et tout son équipage.
Beau temps pour se mettre à l'ouvrage :
Il est de fort joyeuse humeur.
Autour de lui, cris et clameurs
Montent de tous ses compagnons.

Renart les entend et, d'un bond,
Il est debout et prend la fuite,
Gagnant sa tanière au plus vite.
Mais Isengrin reste sur place,
La queue prise dedans la glace.
Parvenir à quitter ce lieu
Signifie sacrifier sa queue.
Un cavalier arrive au trot
Et de s'écrier aussitôt :
« Le loup ! Au secours ! Au secours ! »
À ces cris, les veneurs accourent
En hurlant : « Détachez les chiens ! »
Ceux-ci sautent sur Isengrin
Qui se défend à coups de dents.

Mais voilà le seigneur Constant
Qui arrive, l'épée levée,
Et s'avance, prêt à frapper.
L'épée glisse et rate son coup,
Mais tranche net la queue du loup.
Isengrin hurle de l'outrage
car sa queue est restée en gage.
Il s'enfuit en mordant les chiens
Qui veulent lui coller au train.
Il a le cœur plein de chagrin
Mais il jure, foi d'Isengrin,
Qu'il se vengera tôt ou tard
De ce faux frère de Renart.

Tibert et l'andouille

Renart était bien affamé
Le jour où il a rencontré
Sur son chemin, Tibert le chat.
« Bonjour, Tibert, comment ça va ? »
Dit-il avec cordialité
Tout en songeant à le manger.
L'autre a reculé, plein d'effroi.
« Holà, Tibert ! Ne fuyez pas !
N'a-t-on pas proclamé la paix ?
D'ailleurs, mon ami, j'espérais
Vous rencontrer sur ce sentier,
Et mon désir est exaucé. »
Tibert sort ses griffes, s'arrête.
Se préparant à tenir tête.
Mais Renart lui dit simplement :
« Je trouve les gens bien méchants
Ces temps-ci. Il faut s'entraider
Et tous ne songent qu'à tromper
Leurs amis. Mais je vous le dis,
Les méchants sont toujours punis. »
Tous deux s'en vont par le sentier
Tout en continuant à parler ;
Une grande faim les tenaille.

Une andouille de belle taille
Ô ! Merveille ! Se trouve là
Sur le chemin. Ils n'en croient pas
Leurs yeux. Puis Renart s'en saisit.
Mais aussitôt Tibert s'écrie :
« Mon cher compagnon, cher Renart,
J'ai le droit d'en avoir ma part. »
« Certainement, mon cher ami,
Je ne vous ai jamais trahi »,
Répond l'autre. « Alors mangeons-la »,
Dit Tibert. « Ne restons pas là »,
Rétorque Renart. « Il vaut mieux
Nous éloigner, car en ce lieu
Nous ne serions pas tranquilles. »

Le chat se dit que c'est habile
D'accepter. Renart prend l'andouille
Au milieu. Ainsi elle pendouille
Des deux cotés. Tibert s'emporte :
« Vraiment ! Est-ce ainsi que l'on porte
Une andouille ? Vous la traînez
Par terre et j'en suis écœuré.
En outre vous bavez dessus.
Ça, je n'avais jamais rien vu
Croyez-moi, d'aussi répugnant.
On peut la porter autrement ! »
« Qu'est-ce que vous proposeriez ? »
Dit Renart. « Je vais vous montrer,
Passez-la-moi », répond le chat.

L'autre de penser : « Pourquoi pas ?
S'il porte une charge, il sera
Vulnérable en cas de combat. »
Lâchant l'andouille, il la lui tend
Alors, fort délicatement.

Prenant dans sa bouche un des bouts,
Très habilement, le matou
Jette le reste sur son dos.
Se tournant vers notre héros,
Il dit, très fier : « Renart voyez,
C'est ainsi qu'il faut procéder. »
Puis continue : « Allons jusqu'à
Ce tertre planté d'une croix.
Nous serons en sécurité
Car on peut voir de tous côtés.
Et nous prendrons alors le temps
De la manger tranquillement. »

Mais Tibert part à toute allure,
File droit. Renart n'en a cure,
D'abord, puis soudain comprenant,
S'écrie : « Attendez ! », s'efforçant
De rattraper Tibert le chat.
Trop tard ! Il grimpe sur la croix,
Et il s'assoit sur l'un des bras.

« Renart ! Montez donc jusque-là »
Dit Tibert. « Et nous mangerons. »
Fort déconfit, l'autre répond :
« Trop difficile, j'en ai peur !
Descendez ! Ou soyez beau joueur :
Jetez-moi ma part, cher ami,
Vous serez quitte. » Et Tibert dit :
« Voyons, reprenez-vous, Renart,
Vous devez pourtant bien savoir
Qu'une andouille est chose sacrée
Et qu'on ne la doit déguster
Que sur une croix, mon cher frère,
Ou sur le toit d'un monastère. »
« Bien ! Jetez donc ma part en bas :
Je prendrai le péché sur moi »,
Dit Renart. « J'ai trop de respect
Pour la valeur de cet objet »,
Réplique Tibert. « Par ma foi,
Rien n'est aussi saint ici bas
Que l'andouille ! Vous le savez.
Mais maintenant je peux jurer
Que la prochaine rencontrée
Vous la mangerez tout entière. »
Et sans plus attendre, Tibert
Engloutit l'andouille. Renart
Le regarde d'un air hagard
Et il sent ses yeux se mouiller.
« Vous voir pleurer sur vos péchés
Me touche beaucoup », dit le chat.
« Priez ! Dieu vous pardonnera ! »

Et Renart, le trompeur trompé,
Bien décidé à se venger
Jure qu'il ne bougera pas
De là, persuadé que le chat
Finira par descendre un jour.
Mais voyant des chiens qui accourent
Il se sauve, plein de colère,
Sous les quolibets de Tibert.

Renart
et le
corbeau

Un jour, Tiécelin le corbeau
Volant au-dessus d'un enclos,
Y découvrit un bon millier
De fromages mis à sécher.
Affamé, Tiécelin saisit
L'un d'eux, puis aussitôt partit
Se cacher au milieu des bois.
Par hasard, Renart était là.
Quand il l'entame, le corbeau
Laisse choir un petit morceau
De fromage aux pieds de Renart
Qui lève les yeux plein d'espoir.
Et il reconnaît Tiécelin
Qui ne s'est aperçu de rien.

« Est-ce vous ? », dit gaiement Renart,
« Le fils de mon ami Rohart ?
Que son âme repose en paix,
Lui dont tout le monde disait
Qu'il chantait merveilleusement
Comme personne auparavant ;
Il était le meilleur de France.
Mais vous-même, dans votre enfance
Vous vous efforciez de chanter.
Allons ! Voulez-vous essayer
De me chanter quelque refrain ? »

À ces mots, flatté, Tiécelin
Ouvre le bec et jette un cri.
Et l'entendant, Renart s'écrie :
« Vous avez progressé, bravo !
Mais vous pouvez chanter plus haut. »
Pensant qu'on apprécie sa voix,
Aussitôt l'autre remet ça.
« Mon Dieu que votre timbre est pur »,
Dit Renart. « Ah ! Je vous assure
Que personne ne chante ainsi !
Encore une fois, mon ami ! »
Tiécelin hurle à pleine voix
Si bien qu'il ne réagit pas
Lorsque sa patte se desserre.
Alors le fromage tombe par terre.

Renart se garde d'y toucher
Car il voudrait bien s'emparer
Aussi du corbeau. Il se dit :
« Quel festin : fromage et rôti ! »
Alors s'efforçant de boiter,
Marchant avec difficulté,
Il s'éloigne péniblement
Du fromage, en se lamentant :
« Mon Dieu que cela sent mauvais !
Et c'est dangereux pour mes plaies,
Les médecins me l'ont bien dit :
Le fromage m'est interdit !
Tiécelin, mon ami, venez
Reprendre cela, par pitié.
Il sent si fort qu'il va me tuer. »

Tiécelin se laisse gruger
Et descend, mais reste à distance.
« Approchez, faites-moi confiance,
Que craignez-vous d'un grand blessé ? »
Dit Renart. L'autre, rassuré,
Fait quelques pas. Renart bondit
Sur l'oiseau, mais ne réussit
Qu'à attraper deux ou trois plumes.

Tiécelin fuit. Renart écume,
Mais l'autre est hors de sa portée,
Là-haut, sur un arbre perché.
Tiécelin, fort ému, s'écrie :
« Gardez ce fromage ! Aujourd'hui
Vous n'aurez rien d'autre de moi,
Renart ! Vous êtes un scélérat ! »

Le jugement de Renart

La rose s'épanouissait
Et l'aubépine fleurissait ;
Bientôt ce serait l'Ascension,
Quand messire Noble, le lion,
Convoqua tous les animaux
À sa cour. Alors aussitôt
Tous accoururent sans retard
Excepté le seigneur Renart.
Bientôt le palais retentit
D'accusations, de calomnies,
Chacun se plaignit du gredin,
À commencer par Isengrin.
Le roi l'écouta longuement
Mais, en dépit des mécontents,
Dit : « La guerre doit prendre fin
Entre Renart et Isengrin. »
C'est à ce moment qu'arrivèrent
Pinte, la poule, et Chantecler
Le coq, Noire, Blanche et Roussette ;
Ils amenaient une charrette
Où gisait, désarticulée,
Une poule bien malmenée
Par Renart ; la patte brisée
Et une aile tout arrachée.
Dame Pinte prit la parole :
« Me voici désormais bien seule.
Par Dieu, vous tous qui m'écoutez
Voulez-vous bien me conseiller ?
J'avais cinq frères. C'est Renart
Qui les tua. Mes cinq sœurs, Renart
Les mangea. Ci-gît la dernière.
Renart, tu mérites l'enfer !
Et sur ma foi, je te maudis ! »
Là-dessus, Pinte s'évanouit.

Quand elle reprit ses esprits,
Noble, fort en colère, dit :
« Dame, votre malheur est grand.

Je châtierai ce mécréant.
Je le convoque sur-le-champ,
Et vous verrez alors comment
Votre roi rendra la justice. »
« Sire, c'est bien ainsi qu'agissent
Les véritables souverains »,
S'écrie vivement Isengrin.
« Tout le monde saura vous louer
Quand la pauvre sera vengée.
Ce n'est pas le ressentiment
Qui m'inspire, dans cet instant,
Mais seulement la compassion
Qui m'étreint en cette occasion. »
Renart était bien à l'abri
Dans sa maison, à Maupertuis.
Il y avait en quantité
Des provisions. Pour déjeuner,
Il avait mangé du poulet.
Maintenant il se reposait.

Brun l'ours vint frapper à son huis.
« Holà, Renart ! Je suis ici
En tant que messager du roi.
Vous devez venir avec moi. »
« Mon ami », répond le rusé,
« Vous devez être fatigué.
Je m'apprêtais à m'en aller
Juste après avoir dégusté
Quelques douceurs au miel tout frais. »
« Quoi ? Du miel ? » s'écrie le gourmet,
« C'est ce que mon ventre désire
Le plus. Voulez-vous me conduire
Là où vous l'avez découvert ? »
« Fort bien ! Si cela peut vous plaire »,
Dit Renart, songeant que tromper
Brun l'ours est vraiment trop aisé.
Bientôt ils arrivent au bois
Du forestier nommé Lanfroi.

Dans un chêne sont enfoncés
Deux coins solides, destinés
À fendre le tronc. Renart dit :
« Voilà ! C'est ici, cher ami.
La ruche est cachée là-dedans ;
Régalez-vous ! Profitez-en ! »
L'ours dans le tronc glisse aussitôt
Les pattes avant et le museau,
S'efforçant d'atteindre le miel,
Poussé par le goupil, lequel
Prestement arrache les coins.
Du miel, il n'y en avait point !

Brun l'ours se retrouve coincé
Dans le tronc qui s'est refermé,
Et Renart se gausse de lui :
« J'étais bien sûr, très cher ami,
Que vous trouveriez le moyen
De me priver de ce festin. »
Sur ce survient le forestier.
Renart ne peut rien ajouter
Et s'empresse de déguerpir.
Pour Brun, le pire est à venir
Car le forestier en courant,
retourne au village, criant :
« Un ours ! Nous pouvons l'attraper ! »

Et tous les paysans, armés
Qui d'un gourdin, qui d'un fléau,
D'une hache, s'approchent bientôt,
Déchaînés. Brun, terrorisé,
Fait mille efforts pour s'arracher
Au piège. Il tire et tire encore
Plus fort, se voyant déjà mort,
Si bien qu'il y laisse la peau
Des pattes avant et du museau.
Il fuit, saignant abondamment,
Poursuivi par les paysans.

Brun s'évanouit en arrivant
À la cour. Son visage en sang,
Et le fait qu'il n'a plus d'oreilles,
Chez tous les courtisans éveille
La pitié. Il revient à lui.
« Seigneur, c'est Renart qui m'a mis
Dans cet état », dit-il au roi,
D'une pauvre petite voix.
Noble rugit, maudit Renart.
« Tibert, vous allez de ma part
Chercher Renart. Dites-lui bien
Que je n'écouterai plus rien
De sa part. Mais dites-lui de prendre
Une corde afin de le pendre. »
Tibert se rendit chez Renart
À contrecœur, mais sans retard.
En vain, Renart n'obéit pas.
Grimbert à son tour essaya
Mais il n'eut pas plus de succès.

Le roi fit dresser un gibet
Et décida, fort en colère,
D'aller là-bas, porter la guerre
Chez le félon, à Maupertuis.
Le siège dura bien six mois.
Chaque jour, l'armée attaqua
Mais la place était imprenable
Et cette guerre interminable
Dut bien finir. Et c'est pourquoi
Renart rôde encore parfois.